TABLEAUX

DESSINS

MARBRES ANTIQUES

DE LA

Collection de M. le comte Arthur NUGENT

HOMO
ADDITUS
NATURÆ
IMPRIMERIE DEL'ART

CATALOGUE

DE

TABLEAUX ANCIENS

DESSINS DE L'ÉCOLE ITALIENNE

VUES PANORAMIQUES

MARBRES ANTIQUES

VASE EN PORPHYRE ROUGE

CURIOSITÉS

PROVENANT DES COLLECTIONS DE

M. LE COMTE ARTHUR NUGENT

DONT LA VENTE AURA LIEU

HOTEL DROUOT, SALLE N° 3

Samedi 3 Juin 1882, à 2 heures

COMMISSAIRE-PRISEUR
Me BARIZEL
Passage Saulnier, 7.

EXPERT
M. GEORGE
rue Laffitte, 12.

EXPOSITION PUBLIQUE

Vendredi 2 Juin, de 1 heure à 5 heures

CONDITIONS DE LA VENTE

Elle sera faite au comptant.

Les adjudicataires payeront *cinq pour cent* en sus des enchères.

L'exposition mettant le public à même de se rendre compte de l'état des objets, aucune réclamation ne sera admise une fois l'adjudication prononcée.

TABLEAUX

BOURGUIGNON

1 — *Une Bataille.*

CALETTI

(dit le Cremonese), de Ferrare.

2 — *Vénus et l'Amour.*

CANALETTI

(Attribué à A. Canal, dit)

3-8 — *Six tableaux représentant les vues de Venise les plus intéressantes.*

CARAVAGGIO

(École du)

9 — *Saint Jean.*

CIGNANI

(Carlo)

10 — *La Charité romaine.*

CORRÈGE

(Attribué au)

11 — *Flore et Zéphyre.*

Motif de plafond.

DOSSO-DOSSI

12 — *Saint Jérôme.*

GAELEN

(Alexandre Van)

13 — *Halte de chasse.*

Importante composition, peinte dans le style de Vander Meulen.

Signé des initiales AL. G.

GAROFALO

(Benvenuto)

14 — *La Sainte Famille.*

GUERCINO DA CENTO

15 — *Le Retour de l'enfant prodigue.*

GUIDO-RENI

16 — *La Madeleine.*

GUIDO-RENI

17 — *Le Christ.*

Peinture sur cuivre.

HONDECOETER

18 — *Pigeons, dindons, cochons d'Inde.*

Belle exécution.

KUPETZKI

(Jean)

19 — *Portrait présumé de l'auteur.*

Il s'est représenté dans son atelier, et en train de peindre un portrait.

LAMBRECHT

20-21 — *Scènes de ballets.*

Deux pendants.

LOCATELLI

22-23 — *Deux Paysages animés de personnages.*

MIGNARD

24 — *Portrait d'homme.*

Miniature à l'huile.

MIGNARD

25 — *Portrait d'homme.*

Miniature à l'huile.

ORRIZONTI

(J. van Bloemen, dit)

26 — *Paysage.*

RIBERA

(Attribué à)

27 — *Bélisaire.*

ROTTENHAMER

28 — *L'Abondance.*

Composition allégorique.

SCHIDONE

(Bartolomeo)

29 — *Saint Sébastien.*

SEIBOLDT

(Chrétien)

30 — *Tête de vieillard.*

THOMAS

(Jan)

31 — *Le Vieillard entreprenant.*

Effet de lumière.

Signé : Johannes Thomas, 1670.

TINTORETTO

(J. Robusti, dit le)

32 — *Le Christ soutenu par deux Franciscains.*

TINTORETTO

(J. Robusti, dit le)

33 — *Betsabé.*

TITIEN

34 — *Portrait de Philippe II, roi d'Espagne.*

Très belle peinture, d'une superbe coloration.

TOORENVLIET

35 — *Le Chasseur au cabaret.*

UTRECHT

(Attribué à Adrien Van)

36 — *Enfants, gibier, volatiles.*

VERONESE

(Attribué à Paolo)

37 — *Portrait du général Obizzi.*

En pied, de grandeur naturelle, portant une magnifique armure damasquinée.

Beau portrait.

ZUCCARELLI

(François)

38 — *Paysage.*

INCONNU

39 — *Le Chanteur.*

40 — *La Femme au miroir.*

41-42 — *Deux Paysages avec figures et animaux.*

ÉCOLE FLAMANDE

43 — *Tête de femme.*

ÉCOLE VÉNITIENNE

44 — *Italienne et son enfant.*

ÉCOLE VÉNITIENNE

45 — *Saint Pierre.*

46 — *Un panneau représentant le Sacrifice d'Iphigénie.*

Provenant d'une chaise à porteurs de Catherine Sforza, épouse de Maximilien, empereur d'Autriche.

47 — *Paris, Saint-Pétersbourg, Gênes* et *Turin.*

Quatre vues panoramiques, mesurant chacune environ dix mètres.

DESSINS

48 — Titien. *Assomption de la Vierge*, sépia.

49 — Frate Mino. *Architecture et figures allégoriques*, sépia.

50 — Bibbiena. *Architecture*, plume et sépia.

51 — — *Décorations d'église*, plume et lavis.

52 — Guido Reni. *Glorification de la Vierge*, sanguine.

53 — Balestra. *Scène historique*, encre de Chine.

54 — Farinato. *Évangéliste*, sépia rehaussée de blanc.

55 — Giacomo Guarana. *Motif de plafond, Vénus*, pastel.

56 — Giacomo Guarana. *Sujet mythologique*, gouache.

57 — Schidone. *Songe de Jacob*, sépia et crayon blanc.

58 — Marco Marcola. *Un Massacre*, dessin au lavis.

59 — Annibal Carracci. *Distribution d'aumônes*, crayon et lavis.

60 — Raphael (École de). *Projet de plafond*, aquarelle.

61 — Lanfranc. *Saint en extase*, aux deux crayons.

62 — Sous ce numéro environ cent dessins, attribués aux maîtres suivants : Pietro Rotari, Marc Benefial, Callot, Guercino, Sirani, Elisab. Sirani, Balestra, Claudio Ridolfi, Ligozzi, Giov. Palma, Annibal Carracci, Marco Marcola, Francesco Albani, Schiavone, Tiepolo, Luca Giordano, Castelli, Dorigny, P. Liberi, Lorenzo Costa, L. Van Noort, Carlo Dolci, etc.

SCULPTURES

MARBRES ANTIQUES, PORPHYRE

63 — Vase à deux anses, en marbre blanc, d'une belle ornementation.

Trouvé dans le temple de Vénus à Minturnes.

64 — Beau vase en porphyre rouge, à couvercle.

Haut., couvercle compris, 43 cent.

65 — Marbre blanc. Bas-relief antique. Courses de chars.

Œuvre remarquable, en marbre de Paros, trouvée à Minturnes.

Larg., 1 m, 10 cent.; haut., 41 cent.

66 — Marbre de Paros. Statuette de Junon.

Debout, drapée, la tête ceinte d'une couronne d'épis, la main gauche fermée; tenant une patère de la droite qui est abaissée.

Antique.

Haut., 52 cent.

67 — Marbre blanc. Haut-relief provenant d'un sarcophage romain et représentant, dans une niche, un homme et une femme, à mi-corps. L'exécution des têtes est remarquable.

Haut., 52 cent.; larg., 54 cent.

68 — Urne funéraire, de forme cylindrique, en marbre blanc, présentant un cartouche à inscription, placé entre deux génies appuyés sur des flambeaux et surmontant un dauphin.

Trouvée à Mycènes.

Haut., 28 cent.; diam., 29 cent.

69 — Tête du dieu Pan.

Marbre blanc antique.

Haut., 30 cent.

70 — Buste en marbre d'un Romain, la tête couronnée.

71 — Tête de Pallas en marbre.

Socle moderne.

72 — Vase, forme sarcophage en *paragone*.

73 — Deux consoles Renaissance, têtes d'anges et ornements.

École vénitienne, XVIe siècle.

74 — Trois médaillons à portraits, dont un à inscription.

CURIOSITÉS

75 — Beau chibouk en ambre, garniture argent et enrichi d'environ 150 roses.

Provenant du sultan Abdul-Medjid.

76 — Boîte plate en porcelaine de Saxe, décorée de vues de villes avec personnages, dans des encadrements rocaille.

L'intérieur du couvercle représente Danaé.

77 — Boîte ronde en écaille brune, garnie en or et ornée d'un médaillon de Georges, prince de Galles, régent.

Paris. — Imprimerie de l'Art, J. Rouam, imprimeur-éditeur
41, rue de la Victoire.

RED. :

16

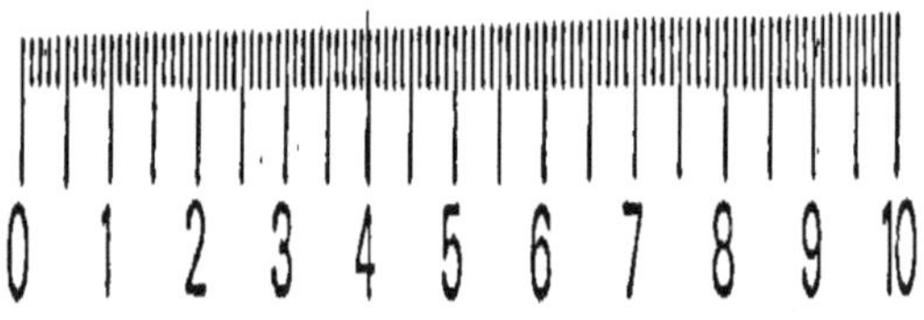
0 1 2 3 4 5 6 7 8 9 10

www.ingramcontent.com/pod-product-compliance
Lightning Source LLC
LaVergne TN
LVHW010015230826
846092LV00002B/833
9782329319148